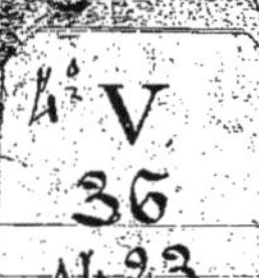

COLLECTION

DE

M. LE Dr L. DE SAINT-GERMAIN

———

OBJETS D'ART

DE

HAUTE CURIOSITÉ

DES XIIIe, XIVe, XVe, XVIe ET XVIIe SIÈCLES

CATALOGUE

DES

OBJETS D'ART

DE

HAUTE CURIOSITÉ

DES

XIIIe XIVe XVe XVIe et XVIIe SIÈCLES

Sculptures sur Ivoire, Os, Bois, Pierre et Marbre

Terres Cuites

Orfèvrerie Religieuse, Cuivres Champlevés

Bronzes, Dinanderies, Tableaux

Faïences Italiennes, Émaux peints de Limoges

MEUBLES DE LA RENAISSANCE

BELLES TAPISSERIES des XVe et XVIe SIÈCLES

en majeure partie provenant

DES COLLECTIONS

**MICHELLI, Paul EUDEL, DESMOTTES, A. LENOIR
DE JANZÉ, TIMBAL, ARTAUD DE MONTOR**

FORMANT LA COLLECTION

M. le Dr L. de SAINT-GERMAIN

DONT LA VENTE AURA LIEU :

HOTEL DROUOT — SALLE N° 6

Les jeudi 29 et Vendredi 30 Mai 1902 à 2 heures.

Me F. LAIR DUBREUIL	M. Arthur BLOCHE
COMMISSAIRE-PRISEUR	EXPERT
Successeur de Me Duchesne	Près la Cour d'Appel
6, rue de Hanovre	28, rue de Châteaudun, 28

Chez lesquels se trouve le présent catalogue

EXPOSITIONS

PARTICULIÈRE	PUBLIQUE
Le Mardi 27 Mai 1902	Le Mercredi 28 Mai 1902

DE 2 HEURES A 6 HEURES

LE PRÉSENT CATALOGUE SE TROUVE A

Paris	Chez Mᵉ. LAIR-DUBREUIL, commissaire-priseur, 6, rue de Hanovre.
—	Chez M. A. BLOCHE, expert, près la Cour d'Appel, 28, rue de Châteaudun.
Londres	Chez M. F. DAVIS, 149, New Bond Street.
Rome	GALERIE SANGIORGI, Palais Borghèse.
Florence	Chez M. GALLI DUNN, 3, Piazza San Maria Novella.
Francfort-sur-Mein.	Chez MM. GOLDSCHMIDT, joailliers, 15, Kaiserstrasse.
—	Chez M. ALTMANN, 3, Am. Salzhaus.
Munich	Chez M. BERNHEIMER, 3, Maximilien Platz.
Amsterdam	Chez M. J. BOASBERG, 63, Kalverstraat.

CONDITIONS DE LA VENTE

La vente sera faite *expressément* au comptant.

Les acquéreurs payeront en sus des adjudications *dix pour cent*.

L'exposition mettant le public à même de se rendre compte de l'état des objets, il ne sera admis aucune réclamation une fois l'adjudication prononcée

N.-B. *Les objets provenant de la collection* MICHELLI, *étant en très grand nombre, leur description sur le catalogue sera suivie d'une astérisque (*) pour éviter de trop fréquentes redites.*

Paris. — Imprimerie MÉNARD & CHAUFOUR, *8-10, rue Milton.*

PRÉFACE

I l y a des collections qui ne portent que le reflet d'une mode ; il y en a d'autres par où s'affirme la personnalité du collectionneur, d'autres qui ne peuvent avoir été formées que par un effort de volonté tenace, d'autres qui empruntent des objets qui la constituent une signification spéciale. Parmi celles-là, il convient de ranger la collection du docteur L. de Saint-Germain, où l'art ogival des xiiie, xive et xve siècles et celui de la Renaissance du xvie siècle se manifestent de si éclatante manière.

Je n'ai pas l'intention de redire en ces pages brèves ce qui a été décrit — et fort bien décrit — dans le catalogue suivant, d'une érudition si claire ; je ne me propose pas d'arrêter l'attention des amateurs sur les meubles, d'une matière si noble, d'une forme si élégante, d'un décor si pur et si sobre à la fois ; sur les statuettes de marbre, de pierre et d'albâtre qui portent, en leur expression vivante, en leurs gestes précis, le caractère propre des époques où elles furent créées ; sur les tentures en tapisseries d'un éclat si vif, d'une puissance décorative si rare, d'une composition si précieuse pour l'histoire du costume, d'une beauté si exceptionnelle que depuis longtemps les amateurs n'eurent pas à s'en disputer de pareilles en de sensationnelles enchères ; sur les bronzes aux patines imprévues, sur les sculptures sur ivoire et sur os, d'un travail extraordinaire de fouillé et de distribution, etc.

Mais je veux essayer d'expliquer pourquoi cette collection fut formée, en racontant la sensation profonde que j'éprouvai en la visitant. Une galerie claire, avec son plafond vitré ; un sol revêtu de dalles de marbre blanc et noir ; une grande cheminée de pierre, à l'âtre vaste, dont l'entrée est marquée par deux landiers en bronze, uniques, et d'une magnificence qui commande l'admiration. Contre les murs, outre les tapisseries, si loin des fréquentes banalités, quelques primitifs aux tons chauds et, tout autour, sur les meubles ou dans des vitrines, où sur des tables, des objets que l'on ne peut examiner sans respect, des reliques

v

Et c'est cette magique évocation d'un autrefois, que les reliques d'art nous aident à pénétrer, que l'amateur délicat qui a réuni toutes ces perles a voulu à côté de ses tristesses professionnelles.

Imaginez pour un instant que nous sommes transposés de quatre siècles en arrière: supprimez le progrès, — ce progrès dont nous sommes si fiers, et justement: — ces meubles à deux corps, d'un arrangement si heureux, ces dressoirs d'une proportion si juste, ces cabinets d'une pondération si adroite, sur lesquels nous ne portons les mains qu'avec mille précautions; une immédiate utilité les a réintégrés: les gens qui en font jouer les serrures, sont ceux qui apparaissent joyeux ou recueillis, mais vivants et superbement parés dans le décor des tapisseries: ces gens là ont sur l'existence une théorie affranchie d'inquiétude: ils ne s'embarrassent pas de chercher pour la traduction des symboles, des formes douteuses et des formules obscures; ils se trouvent beaux et leur beauté, ils l'accordent aux personnages vers qui s'élance leur piété: regardez les vierges sculptées de la collection, ce sont des femmes, ce sont des mères telles que sont les femmes qui sourient près d'eux, les mères qui sont assises à leur foyer; regardez *Jésus et la Samaritaine*, ce curieux groupe d'albâtre: il y a là un homme dont la divinité ne se devine pas encore, ou du moins ne doit pas se trahir encore, et une jeune fille élégante, ingénue, mais ingénue avec une pointe de coquetterie, comme il convient, de par l'opposition naturelle des sexes; regardez dans les ivoires, dans les os sculptés, les scènes du drame chrétien; c'est la vie encore, la vie contemporaine empruntant seulement au dogme quelque signe pour se particulariser, mais demeurant telle que ces scènes sortent de l'histoire pour être vraiment des heures d'éternité !

Supposez dans cette chaire de bois sculpté, — comme savaient seuls les tailler les huchiers du commencement du xvie siècle, — un abbé mitré, haute puissance respectable à qui, du dehors, les diocésains n'obtiennent qu'avec peine de venir conter leurs misères morales, en quête de pardon: autour de lui, des moines, tout un chapitre de figures attentives, et à ses genoux, ainsi qu'on le voit en de vieux livres, un peintre offrant quelque antiphonaire aux grandes lettres enluminées, à rehauts d'or, comme le Dr de Saint-Germain eut la bonne fortune d'en retrouver; et c'est tout un coin de siècle qui apparaît dans notre souvenir.

Il faudra la visiter en détail cette collection si riche en documents précieux, elle ne porte pas à des idées frivoles, comme le ferait une collection des galants amuseurs du xviiie siècle; mais elle a à mon sens une portée plus haute: elle nous prouve, qu'à l'époque ogivale, et même à l'époque romane, l'ouvrier, naturellement, parait d'art l'objet qui était destiné à une utilité immédiate; on ignorait ces mots : art décoratif, art appliqué, mais on avait le sens de la beauté; on avait la compréhension de la joie que cette beauté pouvait apporter dans le rude labeur de l'existence, et, avec une sève intarissable, le génie de notre vieille race se dépensait sans compter, magnifiquement, aimant la matière qu'il embellissait ainsi, et aimant également l'effort professionnel dont son œuvre témoignait et témoigne encore aujourd'hui

Il faut croire qu'à leur époque ces artisans étaient appréciés, puisque leur art allait sans cesse en progressant; ce qui me frappe en effet, quand je considère un sanctuaire comme celui qu'a élevé au travail du passé le Dr de Saint-Germain, c'est l'incomparable science des ouvriers, qui, à tous les siècles, simplement, avec une foi vaillante dans l'accomplissement anonyme de leur devoir, ont enfanté des chefs-d'œuvre comme ceux qui sont plus loin décrits et devant lesquels il est de notre devoir de nous incliner aujourd'hui.

Ils produisaient en cherchant à appliquer un décor heureux et simple à de belles matières; ils produisaient sans souci d'aucune gloire, mais avec un infini respect de leur métier; ils produisaient en mettant souvent dans l'objet destiné à l'usage le plus banal, un peu de leur cœur; et, sans s'en douter, ces hommes-là, ces laborieux, ces sincères, dont le nom est oublié, mais dont l'œuvre demeure, ont créé des choses éternelles, parce qu'ils ont créé de la beauté.

C'est tout cela qui me bourdonnait aux oreilles tandis que je visitais l'autre matin la galerie du docteur de Saint-Germain. Je ne sais si je me trompe, mais je crois bien qu'à l'exposition de cette belle collection qui va avoir lieu à l'Hôtel Drouot, avant la dispersion, la sensation du public sera la même : les connaisseurs retrouveront dans ce choix fait avec un goût très sûr, les pièces admirables qui firent partie des collections Michelli, Eudel, Desmottes, A. Lenoir, le grand archéologue dont le concours fut si fécond pour la mise en lumière de nos richesses nationales, de Janzé, Timbal, Artaud de Montor et d'autres, et ce n'est pas être grand prophète que de prédire une chaude bataille d'enchères autour de certain tryptique d'ivoire, de la chaire, qui passa par le petit musée de Paul Eudel, des meubles de la Renaissance et des tapisseries.... et de tout le reste.

L. ROGER-MILÈS.

Mai 1902.

DÉSIGNATION

IVOIRES ET OS SCULPTÉS

1 — TRIPTYQUE EN IVOIRE dont la partie centrale représente le crucifiement avec, au-dessus, Dieu le Père, le Saint-Esprit et deux anges prosternés se voilant la face. Au pied de la croix, la sainte Vierge et saint Jean, saintes femmes et soldats. Dans la partie inférieure, la mort de la Vierge entourée dss apôtres; Jésus, au milieu d'une gloire, recueille l'âme de sa mère et bénit sa dépouille. Les volets sont divisés chacun en quatre registres dont les deux plus élevés représentent l'Annonciation; dans les autres, on voit à gauche l'Adoration des Rois mages, saint Georges terrassant le dragon et trois saintes martyres parmi lesquelles sainte Catherine d'Alexandrie portant la roue, instrument de son supplice; à droite, un personnage agenouillé jouant de la rubèbe devant un calvaire; trois saints debout: saint Antoine, saint François d'Assise et un saint évêque; enfin, l'Eglise accueillant les fidèles dans son giron. La partie architecturale de ce triptyque se compose de deux arcs plein cintre soutenus par d'élégantes colonnettes torses. Dans les angles, apparaissent, au milieu de rinceaux, les symboles des quatre Evangélistes.

Italie, xive siècle (*).

Larg.: 0ᵐ18; Haut.: 0ᵐ14.

2

2 — STATUETTE DE SAINTE représentée debout, tenant de la main droite un cierge et de la main gauche un livre d'Heures. Deux génies ailés, l'un à figure d'ange et l'autre à figure de démon et personnifiant sans doute le Bien et le Mal, s'appuient sur ses épaules et semblent l'inspirer.

Ivoire. Fin du xve siècle (').

Haut. : o^m20.

3-4 — DEUX BEAUX BAS-RELIEFS sur os. L'un représente le Baptême du Christ avec les anges adorateurs à gauche, une sainte et un apôtre à droite. L'autre reproduit, dans des dispositions différentes, le Baptême de saint Jean avec [figures d'apôtres et de saintes de chaque côté.

Italie. Fin du xive siècle.

Ces deux bas-reliefs qui, par leur style, rappellent les compositions de Giotto, sont absolument semblables à ceux qui composent le célèbre rétable offert par le duc de Berry, frère de Charles V, à l'abbaye de Poissy et que possède aujourd'hui le musée du Louvre. (Voir le catalogue des Ivoires du Louvre, n° 112, et Molinier, Histoire générale des arts appliqués à l'industrie : *les Ivoires*, Lévy et Cie, éditeurs, pages 205 et note 3, 206 et note 1. En cette dernière note, ces bas-reliefs sont mentionnés.)
Provenant de la vente de JANZÉ (1866) et de la collection MICHELLI.

Larg. : o^m14. Haut. : o^m13.

5 — GROUPE DE CINQ FIGURES ayant sans doute fait partie d'une grande composition reproduisant la scène : Jésus au milieu des docteurs. La Vierge et saint Joseph sont représentés debout, tandis qu'à leurs pieds sont assis trois personnages paraissant discuter.

Intéressant travail sur ivoire de la fin du xive siècle (').

Haut. : o^m15.

6 — FRAGMENT DE DIPTYQUE représentant en bas-relief l'ensevelissement du Christ, composition de sept figures surmontée d'une décoration dans le style ogival.

Ivoire. xive siècle ('). .

Larg. : o^m074. Haut. : o^m090.

7 — STATUETTE DE CHRIST ASSIS présentant de la main gauche le livre des Saintes Ecritures; la main droite, qui manque, devait bénir.

> Ivoire. XVe siècle.
> Provient de la vente du baron BRUNET-DENON, faite en 1846, et de la collection MICHELLI.
>
> Haut. : 0^m120.

8 — QUATRE BAS-RELIEFS EN OS représentant, le premier : la crèche de Bethléem et les bergers adorateurs; le second, l'entrée à Jérusalem et la foule acclamant Jésus ; le troisième la Cène, et le quatrième l'arrestation de Jésus au jardin des Oliviers.

> Travail d'une grande finesse.
> Italie. XIVe siècle (*).
>
> Larg. : 85 mm.; Haut. : 110 mm.

9 — BAS-RELIEF REPRÉSENTANT SAINT JEAN L'ERMITE évangélisant dans le désert entouré de ses disciples; son martyre, sa sépulture par les anges et sa glorification. Ce curieux monument d'art slave tout rempli de réminiscences byzantines serait sculpté sur une large palette de bois de renne.

> XVe siècle (*).
>
> Larg. . 0^m24. Haut. : 0^m29.

10 — BAISER DE PAIX de forme cintrée orné d'un bas-relief figurant saint Jacques assis sur un siège à haut dossier, portant un livre de la main gauche et tenant de la main droite le bourdon de pèlerin. Encadrement de colonnes romanes et d'arcatures ogivales.

> Fin du XIVe siècle (*).
>
> Larg. : 113 mm. Haut. : 123 mm.

11 — RÉTABLE en forme de triptyque composé de bas-reliefs sculptés sur os; le socle et l'encadrement qui se termine par un fronton aigu sont décorés de marqueterie enchevêtrée de bois et d'ivoire teinté. Chaque partie du triptyque est divisée en deux registres.

Dans la partie centrale, au registre supérieur, est représentée la crucifixion. Au pied de la croix sainte Madeleine, la Vierge et saint Jean ; groupes de soldats portant le casque conique, le grand bouclier de forme très allongée et la lance à pennon. Au registre inférieur, la Vierge assise portant l'Enfant Jésus et ayant à ses côtés saint Jean l'Evangéliste, saint Jean-Baptiste, saint Paul, sainte Catherine d'Alexandrie, etc. Sur le volet droit, au registre supérieur, le portement de croix, au registre inférieur l'Adoration des bergers. Sur le volet gauche, au registre supérieur, l'Annonciation, au registre inférieur l'Adoration des rois mages.

Italie xɪvᵉ siècle (*).

Larg. ouvert : 0ᵐ40. Haut. : 0ᵐ56.

12 — Rétable en forme de triptyque de même structure et de même ornementation que le précédent, mais de dimensions moindres.

Dans la partie centrale, la Vierge debout portant l'Enfant Jésus et ayant à ses côtés deux saintes martyres dont sainte Catherine d'Alexandrie.

Sur le volet droit saint Paul ; sur le volet gauche saint Pierre.

Italie. xɪvᵉ siècle (*).

Larg. ouvert : 0ᵐ26. Haut. : 0ᵐ33.

13 — Petit bas-relief sur os, fragment sans aucun doute d'une scène plus importante et figurant deux chevaliers venant de débarquer et combattant l'épée haute au pied d'une roche escarpée. Traces de dorure.

Italie. xɪvᵉ siècle (').

Haut. : 0ᵐ12.

14 — Fragment de bas-relief en os représentant une femme serrant dans ses bras un tout jeune enfant qu'elle s'apprête à défendre armée d'un poignard. Derrière elle une autre femme dans l'attitude de la surprise et de l'épouvante.

Italie xɪvᵉ siècle.

Haut. : 0ᵐ09.

15 — **Miroir octogonal** supporté par une tige reposant sur un socle à deux étages; l'encadrement en marqueterie est orné ainsi que la tige et le socle de bas-reliefs en os représentant Adam et Ève avec une multitude d'anges volant à leur rencontre.

> Italie xive siècle (*).

Larg. : 0m25. Haut. 0m45.

16 — **Petit coffret** en marqueterie de bois et d'ivoire teintés.

> Travail vénitien du xvie siècle (*).

Larg. : 0m133. Haut. 0m085.

17 — **Petit coffret rectangulaire** en marqueterie et ivoire décoré sur toutes ses faces de bas-reliefs en os. Ceux-ci figurent entre autres motifs une scène de chasse occupant le devant de l'objet : un personnage, le faucon au poing et une dame tirant de l'arc se font pendant. Les angles sont fermés par des colonnettes cannelées surmontées de chapiteaux. Le couvercle à pans est orné de figures d'anges soutenant des écussons.

> Italie xive siècle (*).

Larg. : 0m17. Haut. : 0m13.

18 — **Tête de mort** sculptée sur ivoire, d'une finesse remarquable comme travail et très intéressante par sa perfection académique. Attribuée à **Girardon**.

> xviie siècle.
>
> Provient de la vente **Magnan de la Roquette** (1841) et de la collection Michelli.

Haut. : 0m045.

19 — **Bas-relief en os** offrant sur deux plaques accouplées une « Annonciation »; la scène est dominée par l'apparition à la Vierge de l'Enfant qui naîtra d'elle environné de chérubins, et par un aperçu des monuments de la Ville Sainte.

> Italie xve siècle (*).

Larg. : 0m085. Haut. 0m113.

20 — TRÈS PETITE FIGURINE D'ANGE sculptée sur os ; il est représenté un genou en terre, bénissant de la main droite et tenant de la main gauche une fleur de lis. Rehaussé de vestiges de dorure.

xIVᵉ siècle (*).

Haut. : 0ᵐ064.

21 — FRAGMENT DE PLAQUE D'IVOIRE divisée en compartiments, contenant une série de bas-reliefs minuscules représentant la fuite en Egypte, la Crucifixion, la Présentation au Temple, le Baptême du Christ, etc., etc.

Travail du xivᵉ au xvᵉ siècle à l'imitation des ivoires byzantins (*).

Larg. : 0ᵐ055. Haut. : 0ᵐ075.

22 — PETIT GROUPE sculpté sur ivoire représentant un personnage nu dévoré par un lion monstrueux.

Italie. xvᵉ siècle (*).

Larg. : 0ᵐ045. Haut. : 0ᵐ038.

23 — TRÈS-PETITE PLAQUE D'IVOIRE offrant en un bas-relief d'une grande finesse trois personnages, un ange et trois saints, couverts de riches vêtements sacerdotaux. Au-dessus, on lit une inscription.

Art gréco-russe. Fin du xvᵉ siècle.

Larg. : 0ᵐ033. Haut. : 0ᵐ038.

24 — MILIEU DE RÉTABLE divisé en cinq registres contenant une série de bas-reliefs sur os parmi lesquels on remarque le Jugement de Pâris, le Martyre de Saint-Etienne, etc., etc. Dans le bas, figures d'anges tenant une banderolle. Au fronton, deux personnages debout portant chacun un écusson.

Italie. xivᵉ siècle (*).

Larg. : 0ᵐ20. Haut. : 0ᵐ37.

25 — SUITE DE CINQ PLAQUES montées les unes à côté des autres, figurant en bas-relief sur os des personnages armés et des femmes semblant leur demander grâce.

Italie. XIVe siècle (*).

Larg.: o^m20. Haut.: o^m12.

26 — DEUX PIÈCES D'ANGLE offrant, sculptées en bas-relief sur os, des figures d'hommes et de femmes en costumes du moyen-âge; au-dessus, des croisées à demi ouvertes.

Italie. XIVe siècle.

Haut.: o^mo95.

27 — PLAQUETTE sculptée sur os représentant la Vierge de l'Annonciation.

Italie. XVe siècle (*).

Haut.: o^mo70.

28 — FRAGMENT DE BAS-RELIEF sur os représentant deux personnages dont l'un s'appuie sur un bâton.

Itallie. XVe siècle (*).

Haut.: o^mo75.

ORFÈVRERIE RELIGIEUSE

29 — **Petite chasse** en cuivre ajouré et doré à faîtage crénelé muni d'une croix à chaque extrémité. Elle est décorée sur ses faces et ses parties latérales de six médaillons de cuivre champlevé, émaillé et doré figurant, réservés sur fond bleu, le Christ de majesté, des apôtres et l'Agneau pascal.

Italie. xive siècle.

Larg. : 0ᵐ15. Haut. : 0ᵐ16.

30 — **Baiser de paix** en argent doré sur lequel est gravée la scène de la crucifixion et dont l'encadrement est composé de motifs d'architecture gothique (contreforts terminés par des pinacles, fronton ogival semé de crochets et couronné par un pignon fleuronné).

xive siècle (*).

Larg. : 0ᵐ07. Haut. : 0,111.

31 — **Baiser de paix** de forme ogivale en cuivre gravé et doré. Le Christ en croix, les figures allégoriques du soleil et de la lune et un petit personnage représentant saint Jean sont rapportés en relief sur un fond gravé de losanges inscrivant des fleurons et des palmes; sur l'encadrement courent des rinceaux.

xive siècle.

Larg. : 0,105. Haut. : 0,130.

32 — **Ciboire** de forme surbaissée en cuivre battu et doré supporté par une tige à nœud sur un pied circulaire orné de fleurs de lys tracées

au burin. Le couvercle, à charnière et à fermoir, sur lequel sont gravés quatre médaillons inscrivant le monogramme du Christ, est surmonté d'une partie conique renflée à son sommet.

xiiie siècle.

Diam. à la base : 0,102. Haut. : 0,265.

33 — Reliquaire ostensoir en cuivre gravé et doré composé d'un cylindre de verre lisse entouré du haut et du bas par des galeries crénelées et supporté par une tige à nœud hexagone reposant elle-même sur un pied en forme de rosace dentelée et décoré de fleurs de lys tracées au burin. L'armature supérieure est munie d'un couvercle à charnière en forme de toit conique.

xiiie siècle.

Larg. à la base : 0,135. Haut. : 0,275.

34 — Croix d'autel ou processionnelle en cuivre martelé ciselé et doré, rehaussée d'émaux en taille d'épargne. Le Christ, la tête ceinte d'une couronne, les yeux en gouttes d'émail, les reins ceints d'un jupon émaillé de bleu et de vert est rapporté en relief ainsi que trois figures d'applique dont les vêtements sont également champlevés et émaillés. Sur l'autre face, indiqués seulement au trait, les symboles des quatre évangélistes et le Christ bénissant.

Limoges. xiiie siècle. (*)

Larg. : 0,210. Haut. : 0,375.

35 — Croix d'autel en cuivre martelé, ciselé et doré, champlevé et émaillé, sur laquelle est rapporté un Christ en bronze également doré. Le bois de la croix ainsi que les personnages occupant ses extrémités sont réservés sur fond d'émail bleu. L'autre face, très finement gravée de rinceaux et décorée à ses extrémités des symboles des évangélistes, présente en son milieu un médaillon d'applique en cuivre champlevé et émaillé représentant le Christ bénissant réservé sur fond bleu.

xive siècle. (*)

Larg. : 0,154. Haut. : 0,275.

3

36 — ENCENSOIR en bronze; la capsule inférieure de forme hémisphé-
rique repose sur un pied en cuivre battu. La capsule supérieure,
conique, est ajourée.

xiiie siècle.

Haut. : 0"20.

37 — MONSTRANCE en cuivre repoussé et ciselé. Le réceptacle de forme
aplatie, à sommet cintré surmonté de rampants d'ogive semés de
feuilles de pampre, est flanqué de contreforts ajourés terminés par
des pinacles et couronné d'une toiture aiguë à six pans. Il s'ouvre
sur le devant par une porte garnie comme le fond d'une lame de
verre lisse. Enfin il repose par une tige hexagone munie d'un nœud
sur un pied de forme circulaire supporté par quatre animaux fantastiques.

Fin du xve siècle (*).

Larg. a la base : 0"15. Haut. : 0"35.

38 — CIBOIRE en cuivre repoussé et patiné de forme sphérique surbaissée décoré sur la coupe et sur le couvercle indépendant de
godrons bordés d'un grainetis. Il est supporté par une tige à nœud
sphérique sur un pied à six lobes.

xvie siècle.

Larg. à la base : 0"148; Haut. : 0"260.

39 — LE CHRIST EN CROIX (la croix manque).

Très beau travail en bronze doré, xiie siècle. Provient de la vente GÉRENTE
(1869) et de la collection MICHELLI.

Larg. : 0"15; Haut. : 0"16.

40 — MÉDAILLON D'APPLIQUE en cuivre repoussé et doré. Il a la forme
d'une rosace à bords festonnés alternativement arrondis et anguleux.

Sur le fond gravé de rinceaux fleuronnés se détachent en demi-bosse
le Christ en croix, la Ste Vierge et St-Jean.

> Travail du xivᵉ siècle. Provient de la vente GÉRENTE (1869) et de la collection MICHELLI.
>
> Diam. : 0ᵐ155.

41 — PETITE BOITE AUX HUILES SAINTES en cuivre battu et ciselé dont
le couvercle à charnières en forme de toit crênelé est gravé d'ornements figurant des tuiles imbriquées et des feuillages inscrits dans
un triangle.

> xivᵉ siècle.
>
> Larg. : 0ᵐ85; Haut. ; 0ᵐ70.

42 — CLOCHETTE LITURGIQUE dont la poignée ajourée figure un élégant
petit clocheton de style ogival flanqué de quatre pinacles et surmonté d'une flèche élancée.

> Argent doré; attribuée au xvᵉ siècle.
>
> Haut. : 0ᵐ109.

43 — RÉSERVE EUCHARYSTIQUE en cuivre battu et dont le couvercle
surbaissé muni d'une charnière et d'un élégant fermoir se termine
par une partie conique que devait surmonter une croix. Très belle
dorure presque intacte.

> Fin du xvᵉ siècle.
>
> Haut. : 0ᵐ909.

44 — BÉNITIER en bronze doré dont la vasque en forme de cône ren-
versé est ornée sur ses quatre pans de plaques d'agate orientale et
surmontée d'un médaillon ovale de même matière accosté de bustes
de chérubins se perdant dans des enroulements bordés de perles.

> Fin du xviᵉ siècle (Provient de la collection CH. JACQUE).
>
> Larg. : 0ᵐ098; Haut. : 0ᵐ195.

45 — Croix processionnelle en cuivre gravé. Sur la face : le Christ
et les attributs des évangélistes. Sur le revers : la Vierge et St-Jean;
en haut un oiseau symbolique; en bas St-Pierre.

xıvᵉ siècle (*).

Larg. : 0ᵐ235. Haut. : 0ᵐ42.

46 — Figure d'applique en cuivre battu et ciselé rehaussé d'émail en
taille d'épargne. Le Christ crucifié, les yeux en perles de verre, les
reins ceints d'un jupon orné d'émail champlevé. Fragment présentant des traces de dorure.

Limoges, xıııᵉ siècle.

Haut. : 0ᵐ138.

BRONZES ET CUIVRES DORÉS

47 — DEUX TRÈS GRANDS ET BEAUX LANDIERS en bronze représentant
à leur base des dauphins accostant un masque de grotesque surmonté d'un écu gravé aux armes des ducs de Padoue et sommé
d'une couronne à l'antique. Au-dessus, un terrassement triangulaire, avec mascaron au milieu et figures ailées aux angles, supporte
une trilogie de vases de dimensions graduées et superposés les uns
aux autres. Ces vases sont décorés de masques de tritons, de bustes
de sirènes avec côtes en relief sur la saillie des panses et sur le
retrait des gorges. Au faîte enfin, et couronnant gracieusement ces
deux remarquables pièces, se dressent, dans des poses un peu différentes, des statuettes d'amours retenant une draperie d'une main et
de l'autre brandissant une torche. Belle patine verdâtre.

Fin de la Renaissance italienne.

Haut. : 1^m80.

48 — PLAQUE de forme circulaire représentant l'Ensevelissement du
Christ. Les personnages portant le corps du Sauveur et occupant
le premier plan sont figurés en haut-relief; autour de ce groupe,
foule de femmes et de personnages éplorés. Dans le fond, édifice
en ruines au-dessus duquel un personnage se penche pour contem-
pler la scène. Patine brune.

Très beau travail de la fin de la Renaissance italienne.

Diam. : 0^m20.

49 — PLAQUE de forme rectangulaire en bronze doré représentant
l'Ensevelissement du Christ; composition de huit personnages.
Fond de monument d'où émergent des branchages.

Italie, xvie siècle.

Larg. : 0^m126. Haut. : 0^m155.

5o — STATUETTE en bronze dite « l'Ecorché ». Le personnage est représenté debout, le corps portant sur la jambe gauche, la droite légèrement relevée en arrière. Il étend le bras droit en avant et tourne le visage du même côté. Le bras gauche est ballant. Fonte à cire perdue; belle patine brune.

> Ecole florentine. XVIe siècle.
> Provient de la vente RUTXHIEL (1837) et de la collection MICHELLI.
>
> Haut. : 0m34.

5I — BOITE D'HORLOGE. Sur une terrasse en cuivre repoussé et doré, décorée de fleurs et de rinceaux fleuronnés, est couchée une figure de femme vêtue d'une longue tunique, s'appuyant sur une corne remplie de fruits et personnifiant l'Abondance.

> Travail allemand. Fin du XVIe siècle.
>
> Long.: 0m175. Larg.: 0m092. Haut.: 0m13.

52 — LION COUCHÉ, tournant fièrement la tête à droite. Belle patine verdâtre.

> Italie. XVIe siècle.
>
> Long. : 0m18. Haut.: 0m15.

53 — FIGURINE DE SATYRE·IVRE représenté les jambes légèrement fléchies et tenant de la main gauche une corne d'abondance destinée à supporter un luminaire.

> Italie. XVIe siècle.
> Sur socle gaîné de velours rouge.
>
> Haut. totale : 0m160.

54 — FIGURINE D'ENFANT représenté debout, les reins ceints d'une draperie et les bras levés au ciel. Bronze doré sur socle de marbre Labrador.

> Fin du XVIe siècle.
>
> Haut.: 0m19.

55 — ENCRIER TRIANGULAIRE en bronze offrant sur les faces des trophées d'attributs guerriers et aux angles des cariatides de sphinxs aux ailes déployées. Patine brune.

Italie. XVIe siècle.

Larg. : 0ᵐ147. Haut. : 0ᵐ070

56 — ENCRIER de bronze en forme de vasque ronde supportée par trois cariatides de sirènes aux ailes déployées et à califourchon sur des dauphins. Patine brune.

Italie XVIe siècle.

Larg. : 0ᵐ130. Haut. : 0ᵐ080.

57 — FIGURINE D'HERCULE debout s'appuyant sur sa massue.

Bronze italien du XVIe siècle, sur socle arrondi en bois noir (*).

Haut. : 0ᵐ195.

58 — FIGURINE D'AMOUR COURANT en bronze sur socle arrondi en marbre rouge antique.

Commencement du XVIIe siècle.

Haut. : 0ᵐ20.

59 — FIGURINE en bronze, même sujet que la précédente, sur socle cubique en brèche violette.

Commencement du XVIIe siècle.

Haut. : 0ᵐ16.

60 — PETITE FIGURINE D'ENFANT DEBOUT tenant de la main droite un écusson ; bronze rehaussé de vestiges de dorure, sur socle carré de bois noir.

Venise XVIe siècle.

Haut. totale : 0ᵐ110.

61 — PETITE HORLOGE en cuivre doré représentant finement gravées sur ses faces latérales des figures de femmes symbolisant l'Astronomie et la Musique. Le cadran et la fermeture postérieure manquent.

Travail allemand. XVIe siècle.

Larg. : 0ᵐ085. Haut. : 0ᵐ120

62 — Fronton d'horloge en bronze ajouré représentant des sirènes portant des cornes d'abondance et soutenant au-dessus d'un écu jadis armorié un chapeau de cardinal. L'ornementation est complétée par des amours et des dauphins se jouant au milieu de rinceaux feuillagés.

Commencement du xviie siècle.

Haut. : 0m16. Larg. : 0m22.

63 — Mortier en bronze décoré à sa périphérie de huit mascarons et muni de son pilon.

xvie siècle.

Larg. : 0m115. Haut. : 0m075.

64 — Mortier en bronze décoré de bandes cloutées et d'arabesques.

xvie siècle.

Larg. 0m12. Haut. 0m07.

65 — Seau a eau bénite en bronze reposant sur trois pieds, décoré de bandes circulaires à ornements et de deux mascarons dans lesquels s'engagent les extrémités de l'anse en fer forgé.

xvie siècle.

Haut. : 0m130.

66 — Plaque rectangulaire en cuivre repoussé représentant la Sainte-Famille.

xviie siècle.

Larg. 0m30. Haut. 0m25.

DINANDERIE ET CUIVRES

67 — Lustre à deux rangs de lumières en cuivre fondu et ciselé. Il se compose d'une grande tige centrale décorée de moulures, terminée à sa partie inférieure par deux mufles de lions accollés retenant un anneau et surmontée d'une figure de la Vierge debout, environnée de rayons, tenant un sceptre de la main droite et portant l'Enfant-Jésus sur son bras gauche. Chacun des rangs de lumières se compose de six tiges végétales accompagnées de feuilles découpées à jour se recourbant en volutes et terminées par de larges bobêches.

Travail flamand. Style du xve siècle.

Haut. : o^m85.

68 — Puisette à double biberon munie d'une anse de suspension à torsade en fer forgé retenue par deux bustes de personnages.

xve siècle.

Diam. : o^m28 (pris à l'extrémité des biberons).

69 — Puisette à deux goulots avec anse à suspendre, engagée dans des bustes de femmes.

Métal de cloche. xve siècle.

Diam. : o^m28 (pris à l'extrémité des goulots).

70 — Vase à deux anses et à panse mi-sphérisque.

Métal de cloche. xve siècle.

Diam. : o^m160. Haut. : o^m150

71 — PETIT RÉCHAUD flamand en bronze patiné, reposant sur trois pieds et muni d'une anse.

xvᵉ siècle.

Diam. : 0ᵐ09. Haut. : 0ᵐ084.

72 — BASSIN circulaire et creux en cuivre avec ombilic au fond dessinant une rosace à bords dentelés.

Fin du xvᵉ siècle.

Diam. : 0ᵐ25.

73 — DEUX TORCHÈRES D'AUTEL, en bronze poli à base triangulaire avec têtes de chérubins.

xviiᵉ siècle.

Haut. : 0ᵐ53.

74 — PAIRE DE FLAMBEAUX, en bronze poli à base triangulaire.

xviiᵉ siècle.

Haut. : 0ᵐ30.

75 — GRAND FLAMBEAU en cuivre à colonnette cannelée.

xviᵉ siècle.

Haut. : 0ᵐ33.

76 — FLAMBEAU en cuivre uni, forme colonnette, large base circulaire.

xviᵉ siècle.

Haut. : 0ᵐ22.

77 — PAIRE DE FLAMBEAUX à large base circulaire en cuivre uni.

Commencement du xviᵉ siècle.

Haut. : 0ᵐ155.

78 — Petit flambeau en cuivre à base octogonale.

xviie siècle.

Haut. : 0m17.

79 — Seau en cuivre jaune uni, bords à bourrelet avec M. R. Cherny gravé.

xviie siècle.

Haut. : 0m25. Diam. : 0m18.

80. — Petite tête de cheval en cuivre jaune.

xve siècle.

Haut. : 0m105.

81 — Deux poids en bronze, forme lions, l'un patiné jaune, l'autre rouge.

xve siècle.

1er Larg. : 0m060.
2e Larg. : 0m065.

PIERRES

82 — Pierre de tonnerre. — Petit monument en forme de chapelle, reposant sur quatre piliers flanqués de contreforts surmontés de clochetons et de pinacles engagés. La façade et les côtés s'ouvrent en larges baies couronnées d'ogives dont les arcs, semés de fleurons, reposent sur de hautes et délicates colonnettes à chapiteaux ornés de feuilles frisées. A l'intérieur du monument, se voient des colonnettes semblables, d'où partent des nervures se coupant au centre de la voûte en croisée d'ogives. Le fond comporte une baie qui, divisée en deux moitiés par un meneau vertical, est ornée d'une rose à son sommet. L'édifice est couronné par une délicate frise à jour composée d'un rang serré de minuscules ogives lancéolées, surmontée d'une terrasse dont la saillie forme corniche et sur laquelle règne une galerie finement découpée.

> Premières années du quinzième siècle.
> Provient de la Chartreuse de Dijon où il ornait le tombeau d'une duchesse de Bourgogne (*).

> Larg.: 0ᵐ19. Haut. : 0ᵐ61.

83 — Marbre blanc. *La Vierge et l'Enfant*. Représentée assise sur une stalle d'architecture ogivale, le front ceint d'une couronne, la Vierge tient de la main droite une tige fleurie et soutient de son bras gauche l'Enfant Jésus debout sur ses genoux. Le divin Enfant joue d'une main avec le voile de sa mère qui le contemple avec attendrissement et serre de l'autre une colombe prête à s'envoler.

> Le caractère simple et charmant de cette œuvre rend ce haut-relief des plus précieux.
> Italie xivᵉ siècle.
> Il est appliqué sur fond de marbre rouge veiné de blanc et dans un cadre de bois noir. (*)

> Larg. : 0ᵐ21. Haut. : 0ᵐ45.

84 — ALBATRE. *Le Christ et la Samaritaine*. Groupe intéressant dans lequel le Messie est représenté debout s'appuyant sur la margelle du puits de Jacob et semblant adresser la parole à la Samaritaine occupée à remplir une buire posée à terre. (*)

xvi⁰ siècle.

Larg. : o™46 ; Haut. : o™46.

85 — PIERRE DE TONNERRE. Statuette de jeune femme représentée debout en costume civil du Moyen-Age avec coiffure de l'époque. Elle se dresse sur une console à dessous feuillagé, entre deux fines colonnettes à chapiteau et sous un dais en forme de clocheton décoré de nombreux motifs d'architecture gothique : ogives, animaux fantastiques, gâbles semés de crochets, pinacles fleuronnés, le tout couronné d'une flèche élancée.

Appliqué sur fond bleu dans un cadre de bois. (*)
Fin du xiv⁰ ou commencement du xv⁰ siècle.

Haut. : o™65.

86 — MARBRE BLANC. *Mater dolorosa*. La Vierge est représentée debout la tête couverte d'un long voile, les mains jointes, la physionomie empreinte d'une douleur infinie. Elle se dresse sur une console à dessous feuillagé entre des colonnettes en faisceau soutenant une ogive.

Appliqué sur un fond de marbre noir dans un cadre en bois.
xiv⁰ siècle.

Haut. : o™49.

87 — MARBRE BLANC. *Saint-François-d'Assise*. Debout, en costume de franciscain, il bénit de ses deux mains largement ouvertes et laissant voir les stigmates.

Œuvre d'un très grand caractère.
xiv⁰ siècle.
(Provient de la vente TIOLIER (1836) et de la collection MICHELLI).

Haut. : o™40.

91 — ALBATRE. *Personnage assis sur un banc*, la tête appuyée sur son bras droit fléchi, dans l'attitude de l'abattement et de la lassitude. Il porte des fers aux mains et aux pieds.

    Ecole italienne xvɪᵉ siècle (').

        Larg. : oᵐ18. Haut. : oᵐ3o.

92 — ALBATRE. *Dieu le Père* ayant devant lui, en réduction, son fils crucifié.

    Très beau haut relief empreint d'un grand caractère. xvᵉ siècle (').

        Larg. : oᵐ32. Larg. : oᵐ68.

93 — ALBATRE. *Beau bas-relief* représentant l'Entrée de Jésus à Jérusalem. La foule accourant au devant du Messie se détache sur un fond d'architecture aux abord de la ville sainte.

    Italie xvɪᵉ siècle (').
    Cadre de bois noir.

        Larg. : oᵐ28. Haut. : oᵐ37.

94 — ALBATRE. *La Résurrection.* Le Christ est représenté en bas-relief sortant majestueux de son tombeau et montant au ciel aux regards des soldats épouvantés. Ces derniers en haut-relief.

    Cadre de bois noir.
    Italie xvɪᵉ siècle (').

        Larg. : oᵐ29. Haut. : oᵐ36.

95 — ALBATRE. *Buste de gentilhomme flamand.* Costume brodé à fleurs avec collerette tuyautée. Physionomie empreinte d'un beau caractère.

    Provient des collections Alex. LENOIR et MICHELLI.
    xvɪᵉ siècle.

        Haut. : oᵐ21.

96. — PIERRE. *La Mort de saint Martin.* Quatre personnages entourent le Saint couché sur son lit de mort, les mains croisées sur la poitrine et vêtu de ses ornements épiscopaux. Un ange emporte son âme au ciel.

> Cet intéressant bas-relief qui porte encore des vestiges importants de peinture et de dorure provient de l'église de Soncourt (Haute-Marne).
> xve siècle (*).

Larg. : 0ᵐ48. Haut. : 0ᵐ28.

97 — ALBATRE. *Saint-Jean.* Le Saint est représenté debout, amplement drapé, tenant de la main droite un calice d'où émerge un dragon ailé et de la main gauche une palme. Cette statuette d'applique présente quelques vestiges de peinture et de dorure.

> xve siècle (*).

Haut. : 0ᵐ36.

98 — ALBATRE. *Le Couronnement de la Vierge.* La mère de Dieu est assise sur un trône, les mains ouvertes, assistée de trois personnages couronnés dont l'un, celui du milieu, placé au-dessus d'elle, semble la bénir, pendant que les deux autres lui posent la couronne sur la tête. Un fronton de style ogival, délicatement ajouré, a été rapporté et couronne le tableau.

> Rares vestiges de dorure.
> xve siècle (*).

Larg. : 0ᵐ26. Haut. : 0ᵐ57.

99 — MARBRE BLANC. *Le Bon Pasteur.* Représenté debout, amplement drapé, regardant vers la gauche et portant l'Agneau sur son bras droit.

> Fin du xve siècle (*).

Haut. : 0ᵐ39.

100 — ALBATRE. *Adam et Eve chassés du Paradis terrestre.*

> Haut-relief d'une belle et vigoureuse exécution.
> xve siècle (*).

Larg. : 0ᵐ19. Haut. : 0ᵐ20.

101 — ALBÂTRE. *Le Sacrifice d'Abraham.*

La scène bien connue est reproduite en haut-relief.

XVe siècle (¹).

Larg. : 0ᵐ17. Haut. : 0ᵐ23.

102 — PIERRE ET MARBRE. *La Vierge et l'Enfant.* Debout, enveloppée ainsi que son divin fils qu'elle porte sur son bras gauche, d'une ample draperie, elle tient de la main droite une tige fleurie ; l'Enfant tient une colombe de la main gauche et de l'autre joue avec le voile de sa mère. Vestiges de peinture.

Commencement du XVe siècle (¹)

Haut. : 0ᵐ92.

103 — PIERRE TENDRE. *La Vierge et l'Enfant.* Représentée debout, le front ceint d'une couronne posée sur son dominical, la Vierge tient un lis de la main droite et porte sur son bras gauche l'Enfant Jésus qui serre dans ses mains une colombe.

XIVe siècle.

Haut. : 1ᵐ02.

104 — ALBÂTRE. *L'Adoration des bergers.* Une multitude de personnages entourent l'ange et la Vierge agenouillés de chaque côté de l'Enfant Jésus. Concert de chérubins dans les nuages. Fond d'architecture rehaussé de vestiges de dorure.

Bas-relief de la fin du XVIe siècle.

Dans un cadre en bois noir et sous verre (¹).

Larg. : 0ᵐ19. Haut. : 0ᵐ24.

105 — MARBRE BLANC. *Statuette d'enfant assis* soutenant sa tête de la main droite et laissant nonchalamment tomber le bras gauche dans une attitude désolée.

XVe siècle.

Haut. : 0ᵐ40.

106 — ALBATRE. *Saint Christophe portant l'Enfant Jésus sur ses épaules.* Il est représenté traversant un fleuve et dans l'attitude que lui prête la Légende dorée de Jacques de Voragine.

> Groupe du xve siècle (*).

> Haut. : 0^m57.

107 — ALBATRE. *Petite console.* De forme triangulaire à la base et mi-sphérique au couronnement, elle offre, en bas-relief, un curieux groupement de chérubins prenant leurs ébats en tous sens.

> Italie. xvie siècle.
> Provient des collections A. LENOIR et MICHELLI.

> Haut.: 0^m22.

108 — MARBRE BLANC. *La Vierge allaitant l'Enfant Jésus.* Elle est représentée presque de face, regardant avec attendrissement son fils assis sur un coussin et tenant une pomme dans sa main droite.

> Bas-relief.
> Italie. xvie siècle (*).

> Larg.: 0^m31. Haut.: 0^m46.

109 — PIERRE. Buste de femme représentée de face avec corsage fleurdelisé et guimpe plissée. Coiffe à dessins, résille sur bandeaux plats. Reposant sur un cartouche.

> Haut-relief d'un beau caractère. Cadre en bois sculpté; partie dorée à feuilles de laurier.
> Flandres. xvie siècle (*).

> Buste. Haut. : 0^m24.
> Avec cadre. Haut. : 0^m36.

110 — ALBATRE. *La Vierge et l'Enfant.* Vêtue de long, le front ceint d'une couronne, la main droite étendue en avant, elle porte sur son bras gauche l'Enfant-Jésus.

> Fin du xve siècle (*).

> Haut. : 0^m33.

111 — ALBATRE. *Le Christ glorieux.* Le Fils de Dieu est représenté dans l'attitude de la Résurrection. Debout, vêtu seulement d'une draperie lui ceignant les reins, le suaire rejeté en arrière et portant glorieusement l'instrument de son supplice.

Italie xvie siècle (*).

Haut. : 0m60.

112 — ALBATRE. *La Circoncision.* La Vierge debout présente l'Enfant Jésus au Grand Prêtre. Derrière elle saint Joseph.

Haut-relief xve siècle (*).

Larg. : 0m64. Haut. 0m13.

113 — MARBRE BLANC. *Frise* offrant en bas-relief une tête d'ange entre deux guirlandes de fruits. Travail de la Renaissance française. Provient de Saint-Germain des Prés, chapelle de la sainte Vierge aujourd'hui détruite. Fut donnée à Michelli par le sculpteur Planta qui l'avait reçue lui-même de l'architecte de l'Eglise.

Larg. : 0m64. Haut. : 0m13.

114 — PIERRE TENDRE. *Le Christ en croix* pleuré par la Sainte Vierge et saint Jean sous deux ogives trilobées surmontées de frontons aigus à rampants semés de crochets avec têtes de chérubins sur les fonds. Curieux travail de sculpture et de peinture associées.

xive siècle (*).

Larg. : 0m24. Haut. : 0m44.

115 — MARBRE BLANC. *Le Char de Minerve.* La déesse est assise sur son char trainé par deux tigres. Un guerrier casqué, tenant d'une main une lance, de l'autre un bouclier est debout au second plan.

Bas-relief xvie siècle (*).

Larg. : 0m27. Haut. : 0m27.

116 — ALBATRE. *Rétable* offrant en bas-relief au milieu, le Crucifiement, à gauche la Mise au tombeau, à droite l'Ascension. Composition de nombreuses figures. Le fond a été doré en partie.

    xvᵉ siècle (*).

            Larg. : 0ᵐ83. Haut. ; 0ᵐ56.

117 — ALBATRE. Un saint moine en extase et une femme à genoux à son côté.

    Groupe xviᵉ siècle (*).

            Larg. : 0ᵐ25. Haut. : 0ᵐ35.

118 —. ALBATRE. *L'Ensevelissement du Christ et saint Pierre portant les instruments de la Passion*. Deux bas-reliefs rehaussés de vestiges de dorure. Cadres en pâte à fonds d'ornements.

    xviᵉ siècle (*).

            Larg. : 0ᵐ20. Haut. : 0ᵐ22.

119 — PIERRE. *Saint Enfant* couronné portant une palme de la main gauche.

    Haut-relief xiiiᵉ siècle (*).

            Haut. : 0ᵐ25.

120 — PIERRE DE MUNICH. *La mort de la Vierge,* entourée des apôtres et des saints, assistée des chérubins. Le Christ vient recueillir l'âme de sa mère. Le cintre est orné d'une inscription en caractères grecs.

    Curieux travail de la fin du xvᵉ siècle inspiré de la tradition byzantine (*).

            Larg. : 0ᵐ060. Haut. : 0ᵐ058.

121 — PIERRE. *Buste de roi mage.* Sculpture en haut relief.

    xviᵉ siècle (*).

            Haut. : 0ᵐ079.

TERRES CUITES

122 — GERMAIN PILON. *La Vierge et l'Enfant.* Elle est représentée debout sur un socle orné de têtes de chérubins, couverte de vêtement amples et flottants. Elle porte sur son bras gauche l'enfant Jésus qui tient le globe du monde dans sa main. Le manteau présente encore des vestiges d'une riche ornementation polychrome.

> Ce groupe précieux provient de l'ancienne Eglise des Grands Augustins et de la collection Michelli.
> Le socle est de travail moderne.
>
> Larg. : o^m3o; Haut. : o^m83.

123 — DAVID D'ANGERS. *Sainte Cécile.* Représentée debout tenant une lyre, habillée d'un peplum gracieusement drapé, la tête légèrement inclinée à droite.

> Terre cuite originale, maquette qui pourrait être la première pensée de la sainte Cécile exécutée en marbre par le maître.
> Signée et datée sur le socle : *P< J. David, 1834* (').
>
> Haut. : o^m42.

124 — ECOLE DU XVIIe SIÈCLE. *Portrait présumé d'Henri VIII.* Représenté en buste sur un entablement, en riche costume, coiffé d'un toquet à plume.

> Bas-relief rond en terre cuite (').
>
> Diam. : o^m13.

125 — ECOLE DU XVIIIe SIÈCLE. *Groupe de deux enfants.* Représentés tous deux allongés en sens inverse et s'embrassant.

> Joli modelé. Terre cuite. Signé dessous du monogramme *S. M.*, daté *1756.*
> Sur socle octogonale adhérent (*).
>
> Larg. : o^m170. Haut. : o^m13o.

126 — ECOLE DU XVIIIe SIÈCLE. *Deux enfants couchés*. L'un sommeil-
lant, l'autre levant la tête.

Joli modelé, deux terres cuites sur socles dont un à consoles. Signées :
S.-M., datées *1756* (*).

Larg. : o^m115. Haut. : o^m120.

BOIS SCULPTÉS

127 — *La Vierge et l'Enfant Jésus*. Assise sur un siège dépourvu de dossier, vêtue d'un ample manteau que ferme une agrafe sur la poitrine et la tête couverte du dominical, la Vierge tient une fleur de la main droite et porte de la gauche l'Enfant Jésus qui bénit.

Beau groupe de travail italien en bois peint et doré. xiiie siècle.

Larg. : 0ᵐ27. Haut. : 0ᵐ72.

128 — *Croix processionnelle* en bois sculpté et doré, ornée d'émaux peints figurant les quatre Évangélistes et l'Agneau pascal. Le nœud est décoré d'élégants motifs d'architecture ogivale : arcatures, contreforts terminés par des pinacles, le tout surmonté d'une couronne fleurdelisée, d'où émerge la croix.

xv⁰ siècle.
(Provient de l'Abbaye Saint-Denis et de la collection AUDEBERT).

Larg. : 0ᵐ53. Haut. : 0ᵐ77.

129 — *Saint Pierre et Saint-Jean*.

Ecole allemande. xvᵉ siècle.
Deux statuettes finement sculptées sur des socles d'une délicate ornementation.
Bois de noyer.
(Proviennent des collections TIMBAL et MICHELLI).

Larg. : 0ᵐ09. Haut. : 0ᵐ34.

130 — *La Trahison de Judas*. Ecole allemande, commencement du xviᵉ siècle. Groupe appliqué composé de sept personnages. Le Christ vendu par Judas est arrêté par des hommes d'armes ; épisode de saint Pierre tranchant l'oreille de Malchus.

Beau travail en bois de chêne. (*)

Larg. : 0ᵐ41. Haut. : 0ᵐ37.

13i — *Statuette* en bois peint et doré représentant un saint personnage en costume religieux et portant de la main gauche la représentation d'un navire. La main droite qui devait bénir manque.

Travail espagnol d'une grande beauté. xvi' siècle.

Larg. : o"o9. Haut. : o"19.

132 — *Sainte Anne, la Sainte Vierge et l'Enfant Jésus.*

Ecole flamande. Fin du xv⁵ siècle. Groupe applique en bois de noyer. (*)

Larg. : o"14. Haut. : o"38.

133 — *Groupe applique de Vierge assise* portant sur ses genoux l'Enfant Jésus entièrement vu de face.

Bois de chêne avec traces d'ancienne peinture. xiiiᵉ siècle. (*)

Larg. : o"15. Haut. : o"35.

134 — *Saint Christophe portant l'Enfant Jésus.*

Groupe applique en bois de chêne. Ecole allemande xvᵉ siècle. (*)

Larg. : o"14. Haut : o"45.

135 — *Saint Jean-Baptiste portant l'agneau.*

Statuette applique en bois de noyer peint ; fin du xvᵉ ou commencement du xviᵉ siècle. (*)

Larg. : o"13. Haut. : o"36.

136 — *Grande figure de sainte Martyre.* Debout sur un socle rudimentaire, vêtué de long, portant une couronne par dessus le dominical, elle tenait de la main droite une palme et de la gauche, dissimulée sous le manteau, probablement un vase sacré.

Bois de noyer. xivᵉ siècle.

Larg. à la partie moyenne : o"21.
Larg. à la base : o"25.
Haut : o"72.

137 — *Statuette reliquaire d'une sainte.* Vêtue de long, la tête nue, elle est assise sur un siège dont le soubassement forme socle et tient un livre de la main gauche. Une cavité ménagée sur la poitrine contenait la relique.

    Bois de chêne. xive siècle. (*)

                  Larg. : 0ᵐ17 ; Haut. : 0ᵐ48.

138 — *Statuette de sainte portant une église.*

    Bois de chêne présentant des traces de peinture. Fin du xve ou commencement du xvie siècle. (*)

                  Larg. : 0ᵐ15 ; Haut. : 0ᵐ42.

139 — *Statuette* en haut relief, d'enfant nu adossé à une draperie et formant cariatide.

    Bois d'ébène. Italie xvie siècle.

                  Larg. : 0ᵐ045. Haut. : 0ᵐ195.

140 — *Baiser de paix* offrant une tête de Christ à demi effacée dans un encadrement à décor ogival terminé à sa partie supérieure par un pinacle fleuronné.

    Bois de noyer. xve siècle.

                  Larg. : 0ᵐ13. Haut. : 0ᵐ24.

141 — *Statuette de Vierge* debout portant l'Enfant Jésus.

    Bois de noyer peint. Fin du xve siècle. Le décor est moderne. (*)

                  Larg. : 0ᵐ12. Haut. : 0ᵐ40.

142 — *Statuette d'enfant nu* debout sur une gaine à décor de feuillage et maintenant un grand écusson entouré de cuirs découpés.

    Bois de chêne xviie siècle.

                  Larg. : 0ᵐ40. Haut. de la statuette : 0ᵐ59.

                  Haut. totale : 1ᵐ61.

143 — *Vierge à l'Enfant.* Groupe en bois de noyer monté sur socle.
Provient des collections TIMBAL et MICHELLI.

France XIV* siècle.

Larg. : 0"17. Haut. : 0"48.

144 — *Petite figurine d'apôtre* tenant un livre fermé de la main-gauche.
Bois de noyer, fin du XVI* siècle (*).

Larg. : 0"09. Haut. : 0"24.

145 — *Buste de Dieu le Père bénissant.*
Bois de chêne XV* siècle (*).

Larg. : 0"20. Haut. : 0"24.

146 — *Petit socle* en bois sculpté. Moderne (*).

Larg. : 0"09. Haut. : 0"07.

ÉMAUX PEINTS DE LIMOGES

147 — *Plaque ronde* et bombée, peinte en grisaille, chairs teintées sur
fond noir à rehauts d'or, attribuée à Jean III PÉNICAUD. Elle
représente une femme couchée à demi-nue, adossée à un motif d'architecture en forme de vase.

    Provient des collections A. LENOIR et MICHELLI.
    xvi° siècle.

                         Diam. : 0,125.

148 — *Plaque rectangulaire* et bombée peinte en grisaille sur fond noir
rehaussé de dorure, par Jean LAUDIN. Elle représente saint Paul
vu à mi-corps et s'appuyant de la main gauche sur une longue épée.

    Au-dessous l'inscription : SANCT. PAULUS et la signature I. L.
    xviie siècle.

                    Larg. : 0ᵐ08. Haut. : 0ᵐ10.

149 — *Bénitier* peint en émaux de couleur et représentant une des-
cente de croix.

    Au revers, la signature de P. NOUAILHER LAYNÉ émailleur.
    xviie siècle.

                    Larg. : 0ᵐ14. Haut. : 0ᵐ24.

FAÏENCES ITALIENNES

150 — CHAFFAGGIOLO. Plaque carrée représentant la Sainte Famille, saint Jean embrassant l'Enfant Jésus. Fond de paysage. Encadré d'un bourrelet bleu uni.

xviᵉ siècle.

Larg. : 0ᵐ26. Haut. : 0ᵐ26.

151 — URBINO. Cornet de forme cintrée offrant d'un côté un médaillon à buste d'homme de profil et de l'autre un chérubin avec au-dessous dans un cartouche l'inscription S. P. Q. R.

Fin du xviᵉ siècle.

Haut. : 0ᵐ30.

152 — CASTEL DURANTE. Cornet légèrement cintré à décor de fleurs en bleu.

xviiᵉ siècle.

Haut. : 0ᵐ25.

153 — CASTEL-DURANTE, cornet à fond bleu avec armoirie entourée de de lauriers et banderolles de l'autre côté.

xviᵉ siècle.

Haut. : 0ᵐ23.

154 — URBINO, cornet cintré décoré d'un médaillon à buste de femme et d'ornements.

xviiᵉ siècle.

Haut. : 0ᵐ27.

155 — Urbino cornet, de forme cintrée, décor médaillon à buste de femme et ornements.

xviiᵉ siècle.

Haut. : 0ᵐ26.

156 — Italie, pot à anse et panse renflée, décor en vert et jaune à figure de la Vierge, fleurs et feuillages.

xviiᵉ siècle.

Haut. : 0ᵐ145.

157 — Castel-Durante, cornet légèrement cintré, décoré d'un médaillon à buste d'homme et de trophées guerriers.

xviiᵉ siècle.

Haut. : 0ᵐ16.

VERRES EGLOMISÉS

158 — *La Vierge et Saint Jean soutenant le Christ descendu de la croix.* Peinture rehaussée d'or et d'argent, dans un cadre en bois sculpté et doré, côtés à consoles feuillagées, fronton triangulaire à ornements.

Commencement du xviie siècle.

Larg. : 0m19; Haut. : 0m22.

159 — *La Vierge en adoration devant son enfant.* Peinture relevée d'or avec banderole à inscription.

Cadre bois doré, xvie siècle.

Larg. : 0m120. Haut. : 0m135.

COFFRETS

160 — **Coffret rectangulaire** en fer gravé d'Allemagne, décoré sur le couvercle et sur les faces de fines arabesques et de figures de personnages mythologiques tels que Mars, Saturne, Vénus, Jupiter, etc., représentés debout dans des encadrements d'aspect architectural et munis de leurs attributs respectifs. La serrure fermant à six pènes fait saillie à l'intérieur du couvercle et est, elle aussi, décorée d'arabesques finement gravées.

    xvi siècle.

    Larg. : 0ᵐ22. Haut. : 0ᵐ15.

161 — **Coffret rectangulaire** à dos légèrement bombé ; il est recouvert de cuir finement gaufré et fermé par une serrure à moraillon.

    xvi siècle.

    Larg. : 0,150. Haut. : 0ᵐ68.

162 — **Petit coffret** en cuivre gravé et doré décoré sur son couvercle et sur ses faces de vues de paysages accidentés. Il repose sur quatre pieds tournés.

    Fin du xvi siècle.

    Larg. : 0,094. Haut. : 0,060.

MINIATURES, ENLUMINURES

SCEAU, CHARTE

163 — *Dix miniatures sur vélin* représentant des scènes du Nouveau Testament enluminant dix lettres majuscules. .

    xvᵉ siècle (*).

    Dans deux cadres.

                Larg. de chaque miniature : 0,082. Haut. : 0,115.

164 — *Grande miniature sur vélin* représentant l'*Adoration des Rois Mages*. Peinture à rehauts d'or enluminant une majuscule. Fond d'or fleuri.

    Fin du xvᵉ siècle (*).

    Encadrée.

                Larg. : 0ᵐ22. Haut. : 0ᵐ25.

165 — *Quatre bordures de feuillets de missel sur vélin* offrant des compositions à figures, fleurs et ornements. Peintures à rehauts d'or.

    xivᵉ et xvᵉ siècle (*).

    Dans un même cadre.

                Fond. Larg. : 0ᵐ21. Haut. : 0ᵐ30.

166 — *Miniature sur vélin* représentant la *Tentation de saint Antoine*. Peinture à rehauts d'or.

    xviᵉ siècle (*).

    Encadrée.

                Larg. : 0,235. Haut. : 0,235.

167 — *Gravure sur bois* enluminée représentant l'Adoration de la sainte Trinité, composition d'une multitude de figures.

> Commencement du xvie siècle (*).
>
> Larg. : 0,080. Haut. : 0,125.

168 — *Gravure sur bois* enluminée représentant les trois grâces après la mort.

> xve siècle (*).
>
> Larg. : 0,055. Haut. : 0,085.

169 — SCEAU en cire blanche sur lequel est représenté un cavalier armé de pied en cap et monté sur un destrier richement caparaçonné.

> Les détails de l'armure et en particulier l'ailette rectangulaire encore très visible sur l'épaule droite du cavalier semblent indiquer pour le cachet la fin du xiiie ou le commencement du xive siècle, le contre-scel de cire verte dénote que l'empreinte est d'une époque moins reculée.
>
> Diam. : 0,081.

170 — *Charte de Philippe III, dit le Hardi, roi de France*, avec le sceau royal représentant le monarque assis sur son trône, son sceptre à la main et au revers l'écu à champ fleurdelisé.

> xiiie siècle.

TABLEAUX

CARRACHE (Attribué à Annibal)

171 — *La Mise au tombeau.*

>   Esquisse.
>   Composition de onze figures.
>   Fin du xvɪᵉ siècle.
>   Toile.

>   Larg. : o™3o. Haut. : o™4o.

PUCCIO CAPANNA (Attribué à)
Disciple de Giotto.
Ecole Florentine

172 — *Saint François d'Assise.*

>   Représenté presque de face tenant de la main gauche un missel. Auréole
> à dessin très fin.
>   Panneau peint sur fond d'or et couronné d'un arceau trilobé, formé
> d'une rangée d'oves.
>   Cadre en baguette dorée (*).
>   xɪvᵉ siècle.

>   Larg. : o™32. Haut. : o™7o.

DON LORENZO MONACO (Attribué à)
Elève de Taddeo Gaddi
Ecole Florentine

173 — *Un Saint et un Evêque martyr.*

>   Représentés debout, tenant leur livre d'Heures à la main. L'un porte en
> outre une tige de lis en fleurs et l'autre, le front ceint de la mitre, s'appuie
> sur sa crosse épiscopale.
>   Deux petits panneaux sur fond d'or avec encadrement ogival formé d'une
> rangée d'oves.
>   Fin du xɪvᵉ ou commencement du xvᵉ siècle (').

>   Larg.: o™17. Haut.: o™36.

VITE DE PISTOJA (Attribué à ANTONIO)

Elève de GHERARDO STARNINA

Ecole florentine

174 — *Sainte Apolline et Sainte Lucie de Bologne.*

Debout, tenant leur livre d'Heures à la main; elles portent en outre, la première une paire de tenailles, symbole de son martyre, la seconde une coupe sur laquelle se voient deux yeux.

Fin du XIV° ou commencement du XV° siècle (').

Deux petits panneaux.

Larg. : 0ᵐ11. Haut. : 0ᵐ35.

TADDEO DI BARTOLO (Attribué à)

Ecole de Sienne

175 — *Saint Pierre.*

Représenté de face à mi-jambes, tenant de la main gauche les Saintes Ecritures et suspendues à son index les clés du Paradis.

Peinture sur fond d'or avec auréole d'une extrême finesse de dessin. Encadrement ogival terminé par un fronton aigu inscrivant un médaillon sur lequel est figuré un ange en prières. Fin du XIV° siècle.

Le musée du Louvre possède un saint Pierre attribué au même maître (salle VII dite des Primitifs Italiens n° 55) et de facture identique avec une légère variante dans la tenue des bras (*).

Panneau.

Larg. : 0ᵐ31. Haut. 0ᵐ92.

ECOLE ALLEMANDE

176 — *Portrait présumé de Jean-Frédéric de Saxe.*

Représenté debout sur un fond de paysage en élégant costume à crevés avec chapeau orné de plumes blanches.

XVI° siècle.

Panneau encadré de bois noir.

Larg. : 0ᵐ13. Haut. : 0ᵐ18.

ECOLE ANCIENNE

177 — *La Vierge et l'Enfant.*

> Peinture sur cuivre; costumes, auréoles à rehauts d'or.
> xvi⁰ siècle.
> Cadre bois doré.

> Larg. : 0ᵐ18. Haut. : 0ᵐ24.

ECOLE GRÉCO-BYZANTINE

178 — *La Vierge et l'Enfant, et le Martyre de Saint-Laurent.*

> Deux compositions superposées sur un panneau a fond d'or. Ancien
> volet de diptyque (*).

> Larg. : 0ᵐ16. Haut. : 0ᵐ34.

ÉCOLE FLAMANDE

179 — *La Mise au tombeau.*

> Le Christ mort est étendu sur un linceul dont saint Joseph d'Arimathie
> et un autre personnage tiennent les extrémités, tandis que la Madeleine
> agenouillée devant le sarcophage se prépare à répandre sur le corps du
> Sauveur les parfums contenus dans un vase d'orfèvrerie placé devant elle.
> Derrière le sarcophage, on aperçoit la Vierge en pleurs soutenue par saint
> Jean et une sainte femme. Les personnages, sauf la Vierge et saint Jean,
> portent les costumes affectionnés par les peintres flamands de la fin du xvᵉ
> ou du commencement du xviᵉ siècle: grands chapeaux à retroussis,
> aumusses bordées d'hermine, coiffes en forme de turban, longues robes à
> parements et à collets de velours et de fourrure. Fond de paysage avec le
> Golgotha en perspective.

> Commencement du xviᵉ siècle (').
> Panneau.

> Cadre en bois dit chêne antique.

> Larg.:0ᵐ55. Haut.: 0ᵐ53.

ÉCOLE FLAMANDE

180 — *Le Portement de croix.*

Le Christ, dirigé vers la droite, est entraîné par deux soldats dont l'un tire sur une corde nouée autour du corps du Sauveur, tandis que l'autre le frappe d'un bâton. A droite, sainte Véronique portant le voile sur lequel s'est miraculeusement imprimée la face de l'Homme Dieu. A gauche, la Vierge brisée de douleur par le spectacle du martyre de son divin fils et soutenue par saint Jean. Un septième personnage aide Jésus à porter sa croix. Les auréoles, comme dans le précédent tableau, sont à fond d'or et dans cette œuvre, comme dans l'autre, les costumes et l'expression des personnages rappellent ladite école en ses détails de facture les plus intéressants.

Commencement du xvie siècle (*).

Panneau.

Cadre en bois dit chêne antique.

Larg.: 0^m55. Haut.: 0^m53.

ECOLE FLORENTINE

181 — *Un saint debout.*

Tenant de la main droite un bourdon de pèlerin et de la main gauche un missel relié de rouge. La tête légèrement tournée vers la droite est entourée d'une auréole décorée d'arabesques de feuillages à dessin très fin.

Panneau peint sur fond d'or à couronnement d'ogive subtrilobée.

xive siècle.

Provient de la vente Artaud de Montor (1851) et de la collection Michelli.

Larg. : 0^m30. Haut. : 0^m95.

ECOLE FLORENTINE

182 — *Sainte Catherine d'Alexandrie.*

Elle est représentée en pied sur fond d'or, tenant une palme de la main droite et de la gauche un livre d'Heures. On voit à son côté, la roue symbole de son martyre. La tête couronnée est entourée d'une auréole à dessins des plus délicats.

xiv siècle.

Panneau à couronnement d'ogive subtrilobée.

Provient de la vente ARTAUD DE MONTOR, 1851 et de la collection MICHELLI.

Larg. : o^m3o. Haut. : o^m95.

ECOLE FLORENTINE

183 — *La Vierge et l'Enfant.*

Ce fragment, découpé dans une composition sans doute importante, présente la Vierge à mi-corps portant dans ses bras l'Enfant Jésus. Les nimbes sont rehaussés d'or. Celui de la Vierge porte l'inscription : ORA PRO. NOBIS. SANT.

Fin du xiiie ou commencement du xiv siècle (').

Panneau.

Larg. : o^m40. Haut. : o^m62.

ECOLE FLORENTINE

184 — *Un Ange et un Prophète.*

Représentés de buste, sur fond d'or, dans des médaillons circulaires intérieurement quadrilobés et déployant chacun une banderolle avec inscriptions.

Peinture sur bois du xiv siècle (').

Diam. : o^m25.

ECOLE ITALIENNE

185 — *Sainte Madeleine et saint Christophe.*

Sur un même panneau à fond d'or, la première enveloppée de ses longs cheveux et réconfortée par un ange, le second portant sur son épaule l'Enfant Jésus. Auréoles à dessin très fin (').

xv siècle.

Peinture sur bois. Cadre de bois noir.

Larg. : o^m17. Haut. : o^m21.

ECOLE ITALIENNE

186 — *Saint Pierre et saint Jean-Baptiste.*

Représentés tous deux sur un même panneau à fond d'or,
xve siècle.
Cadre en bois noir.

Larg. : 0m17. Haut. : 0m21.

ECOLE ITALIENNE

187 — *Sainte Ursule.*

Gouvernant le navire sur lequel elle s'est embarquée avec les vierges, ses compagnes.
Peinture sur panneau à fond d'or.
xvie siècle (*)

Larg. : 0m27. Haut. : 0m22.

ECOLE ITALIENNE

188 — *Sainte Véronique et saint François d'Assise.*

Portant comme attributs l'une le voile reproduisant la face du Christ, l'autre un tête de mort, un rosaire et une discipline.
xvi° siècle (*).
Deux pendants encadrés.
Cuivre.

Larg. : 0m11. Haut. : 0m15.

MEUBLES

189 — Chaire d'évêque en noyer sculpté. Le dossier très élevé est terminé par un fronton triangulaire inscrivant un buste de Dieu le
Père bénissant. Au-dessous de ce fronton que supportent deux
colonnes d'ordre corinthien, on voit, à la frise, trois enfants soutenant des draperies et des guirlandes de fruits. Plus bas, entre les
colonnes, sous une arcature accompagnée de pilastres cannelés, se
dresse un évêque debout, crossé, mitré, tenant de la main gauche
la représentation d'une église; au-dessous de cette figure est représentée une femme drapée à l'antique, couchée, allégorisant sans
doute une sibylle. Les bras de forme arquée, chantournés à leurs
extrémités, sont soutenus par des panneaux plats et des montants
cannelés. Sur la base enfin de ce siège, à la partie antérieure, dans
un encadrement mouluré sont sculptés en bas-relief trois anges soutenant un cartouche rectangulaire entouré de cuirs découpés; deux
médaillons circulaires, accompagnés de draperies, de figures d'enfants et de guirlandes de fruits, ornent les panneaux de côté.

> xvı° siècle.
>
> (Extrait du catalogue de la collection Paul Eudel dans lequel ce beau
> meuble portant le n° 331 a été gravé. Il est également reproduit dans le
> dictionnaire de l'ameublement de Havard à l'article *Fronton* tome II,
> page 974 et dans l'ouvrage de De Champeaux « *Le Meuble* » tome I,
> figure 71).

190 — Meuble a deux corps en noyer sculpté offrant sur les deux portes
du haut, dans des niches avec ornementation feuillagée au-dessus
et au-dessous, les figures allégoriques de Vénus et l'Amour à droite,
de Cérès à gauche; sur les portes du bas des masques à oreilles dra-
pées, accostés de cariatides d'aigles, sous des arceaux coupés de motifs
feuillagés. Les tiroirs sont décorés de mufles de lions retenant les
poignées au milieu d'enroulements et de branchages. La frise du

haut est occupée en son milieu par un aigle en haut relief; de chaque côté de celui-ci on voit, en bas-relief, une femme couchée et, dans le lointain, un petit personnage armé d'une massue, apparaissant au seuil d'une fabrique. Les montants et entre-deux présentent des cariatides et des mascarons retenant des chûtes de fruits; les angles sont ornés de têtes d'anges et de bustes de femmes. Les côtés sont décorés en haut et en bas d'arbres à branchages fleuris et feuillagés. Le fronton surmonté sur chacun de ses versants d'un dragon ailé, présente en son milieu une figurine debout dans une niche flanquée de deux personnages sommairement drapés. La base du fronton se termine latéralement par des chimères à têtes de grotesques adossées à des groupes de fruits.

Patine brune, xvie siècle.

Larg. : 1^m15; Haut. : 2^m02.

191 — *Meuble à deux corps* en noyer sculpté ouvrant à quatre portes et deux tiroirs. Il est décoré de panneaux en saillie avec encadrements moulurés. La frise du haut est ornée de branches de lierre entrelacées. Aux angles et aux entredeux des portes se voient des colonnes cannelées du haut, entourées du bas de guirlandes de lierre et surmontées de chapiteaux d'ordre ionien. La corniche et la tablette du corps du bas sont soutenues par des consoles, les unes feuillagées, les autres gravées de palmettes. Patine claire.

xvie siècle.

Larg. : 1^m05. Haut. : 1^m46.

192 — *Meuble à deux corps* d'aspect architectural orné d'incrustations d'ébène et de marbre vert. Il ouvre à quatre portes à panneaux plaqués d'ébène encadrés de moulures saillantes et à quatre tiroirs munis de leurs anciennes poignées. L'ornementation de ce joli meuble est complétée par de fines colonnettes engagées aux quatre angles du corps supérieur et par des consoles les unes en volute, les autres en pyramide renversée. Fronton découpé en forme de toit interrompu avec niche centrale.

Bois de chêne. xvie siècle.

Larg. : 1^m05. Haut. : 2^m12.

193 — *Crédence* en chêne sculpté à deux vantaux sur lesquels est reproduite en bas-relief la scène de la Salutation Angélique. La Vierge
en prières et l'Ange annonciateur sont représentés sous des arceaux
fleuronnés au milieu de détails intéressants d'architecture et d'ameu-
blement. Les parements et petits panneaux de côté séparés par des
pilastres ornés de cœurs de feuillage, présentent des vases fleuris
et divers motifs décoratifs très délicats. Sur les layettes se voient des
médaillons à bustes de personnages dans des cartouches à festons
feuillagés. Les faces latérales et le fond du meuble sont munis de
panneaux à serviettes. Pentures et ferrures découpées à jour.

Nord de la France. XVIᵉ siècle.

Larg. : 1ᵐ25. Haut. : 1ᵐ21.

194 — *Ancien meuble de sacristie*, en forme d'armoire ouvrant à deux
larges vantaux, uniformément décoré sur sa façade et ses côtés de
panneaux à serviettes plissées agrémentées de trèfles en haut et en
bas. Une sorte de long pilastre très saillant, adhèrent au vantail de
droite sur toute sa hauteur, occupe la partie centrale du meuble
quand les portes sont fermées et forme battement couvre-joint.
Cette curieuse armoire est garnie de jolies pentures de l'époque et
d'une applique de serrure ajourée munie d'une poignée ornée d'un
trèfle découpé.

Fin du XVᵉ siècle ou commencement du XVIᵉ siècle. Bois de chêne.

Larg. : 1ᵐ56. Haut. : 1ᵐ83.

194 *bis* — CHAIRE en bois de noyer dont le siège formant coffre est
orné de serviettes plissées. La même décoration se retrouve sur les
flancs du meuble au-dessous des accoudoirs et sur le haut dossier
que surmonte une frise à délicats ornements découpés à jour. Les
montants du dossier se terminent chacun par un pinacle fleuronné.

Ecole française. XVᵉ siècle.

Larg. : 0ᵐ72. Haut. du siège : 0ᵐ56.
Haut. totale. : 2ᵐ03.

195 — **Coffre** en chêne sculpté offrant sur le devant, en bas-relief, dans un encadrement rectangulaire à moulure saillante ornée de palmettes, d'entrelacs et de feuilles d'acanthe, la scène de Judith venant de trancher la tête d'Holopherne. De chaque côté, dans un entredeux de colonnes à chapiteaux d'ordre corinthien, un personnage se dresse debout dans une niche; au-dessus un aigle aux ailes à demi déployées; au-dessous un mascaron ailé. Les parties latérales du coffre sont décorées d'ornements divers au milieu desquels se voit un aigle.

    Fin du xvie siècle.

Larg. : 1ᵐ27. Haut. : 0ᵐ80.

196 — **Meuble a deux corps** en noyer sculpté ouvrant à quatre portes et muni de deux tiroirs à hauteur d'appui. Il est orné de panneaux en ressaut encadrés de moulures saillantes. Les montants sont creusés de cannelures et la corniche est supportée par cinq consoles feuillagées. Le corps du haut est garni intérieurement de son ancienne étoffe.

    xvie siècle.

Larg.: 1ᵐ3o. Haut. : 1ᵐ75.

197 — **Crédence dressoir** en chêne sculpté ouvrant à deux portes offrant à leur centre des têtes de chérubins encadrées de moulures boudinées, avec grand tiroir en dessous. Quatre pilastres en forme de gaîne terminent les angles et flanquent l'entre-deux décoré d'un ornement profondément entaillé et gravé. Ce corps de meuble repose sur un soubassement mouluré à l'aide de montants tournés en balustres courts et trapus, et supporte à son tour, au moyen de deux montants semblables mais plus petits, une étagère à double gradin. Un dossier à corniche moulurée couronne le meuble.

    Flandres. Fin du xvie siècle.

Larg. : 1ᵐ15. Haut. : 2ᵐo5.

198 — MEUBLE A DEUX CORPS en noyer sculpté ouvrant à quatre
portes et à quatre tiroirs; panneaux en saillie, montants à doubles
colonnettes supportées, comme la tablette du corps du bas, par des
consoles feuillagées.

xvie siècle.

Larg. : 1ᵐ20. Haut. : 1ᵐ68.

199 — MEUBLE A DEUX CORPS en noyer décoré de marqueterie de bois
clair dessinant sur les quatre portes des vases d'où émergent des
tiges fleuries d'œillets. A hauteur d'appui, il ouvre à deux tiroirs.
Les montants sont gravés à feuillages; la moulure frontale est supportée par de petites consoles.

Fin du xvie siècle.

Larg. : 1ᵐ05. Haut. : 1ᵐ60.

200 — HAUT DE MEUBLE à deux corps en noyer sculpté ouvrant
à deux portes et deux tiroirs. Panneaux en ressaut encadrés de
moulures saillantes, montants à cannelures, corniche supportée par
des consoles feuillagées.

xvie siècle.

Larg. : 0ᵐ87. Haut. : 0ᵐ82.

201 — PETITE HUCHE en bois de chêne sur le devant de laquelle est
représentée l'Annonciation; sur l'entre-deux des panneaux figurant
la Vierge et l'ange Gabriel on voit, émergeant d'un vase, le lys
symbolique.

xvie siècle.

Larg. : 0ᵐ76. Haut. : 0ᵐ69.

202 — TABLE A QUATRE VOLETS se rabattant sur nn champ carré reposant lui-même sur cinq pieds en forme de colonnes droites réunies
par un croisillon en X orné de moulures. Ce curieux meuble possède ses anciennes ferrures.

Bois de noyer. xvie siècle.

Larg. avec développement : 1ᵐ43. Haut. : 0ᵐ81.

203 — TABLE RECTANGULAIRE à cinq pieds tors avec traverses et munie d'un large tiroir.

Bois de noyer. xviie siècle.

Larg.: 1^m07. Haut. : 0^m62.

204 — TABLE RECTANGULAIRE sur quatre pieds tournés en forme de balustres et reliés par des traverses cintrées avec vase au milieu. Munie d'un tiroir.

Bois de noyer. xvie siècle.

Larg. : 0^m90. Haut. : 0^m75.

205 — TABLE RECTANGULAIRE sur quatre pieds fuselés et traverses de même ordre, munie d'un tiroir.

Bois de noyer xvie siècle.

Larg. : 0^m97. Haut. : 0^m71.

206 — SIX SIÈGES-ESCABEAUX à pieds de devant en forme de colonnettes.

Bois de noyer xvie siècle.

Larg. : 0^m42. Haut. des dossiers : 1^m03.

207 — VITRINE RECTANGULAIRE, cage en acajou plein, garnie à l'intérieur de damas rouge ancien et ornée de glaces sur toutes ses faces.

Fermant à clef. Double serrure.

Long. : 1^m03. Larg. : 0^m66. Haut. : 0^m58.

208 — TABLE RECTANGULAIRE à pieds fuselés réunis par des traverses de même ordre avec vase au milieu. Elle est munie d'un tiroir.

Bois de gaiac.
xvie siècle.

Larg. : 1^m01. Haut. t 0^m72.

209 — FAUTEUIL a accoudoirs et à pieds tors, avec traverses de même nature ; large dossier carré et évidé.

> Bois de noyer.
> XVIIe siècle.

Larg. : 0m60. Haut. 1m06.

210 — PETITE CHAUFFEUSE lorraine en bois de chêne.

> XVIIe siècle.

Larg. : 0m37. Haut. : 0m80.

TAPISSERIES

211-212 — DEUX TRÈS BELLES TAPISSERIES DU XVIᵉ SIÈCLE se faisant pendant.

La première représente un personnage et une femme en riches costumes semblant échanger des paroles d'adieu au moment de se séparer.

Au premier plan de la seconde apparaît un personnage vêtu en marchand forain et portant devant lui son éventaire chargée de bimbeloterie. Sur un plan plus reculé du tableau, la femme de la composition précédente, tenant, comme dans l'autre scène une serpe à la main, aperçoit le nouveau venu et se porte à sa rencontre.

Ces deux scènes se passent à l'entrée d'un palais somptueux : colonnes et balustrades de marbre, cariatides symbolisant des sirènes et des tritons, dômes de feuillage agrémentés de vases de fleurs et de corbeilles de fruits. En perspective s'étendent des parcs avec parterres fleuris et pièces d'eau ; vues de châteaux animées par de petits personnages et, à l'horizon, des montagnes boisées.

Ces deux tapisseries ont de jolies bordures en camaïeu offrant au milieu d'arabesques feuillagées, des personnages mythologiques : satyres, faunes et faunesses, amours et nymphes dans les attitudes les plus diverses et les plus mouvementées.

L'extrême bordure présente une série d'ornements avec de petits masques fabuleux aux angles.

Ces deux tentures sont remarquables par leur état de conservation, la finesse de leur exécution et la richesse de leurs coloris. Les costumes des personnages et l'architecture du décor les rendent intéressantes au plus haut point.

Elles proviennent de l'ancien palais des ducs Zagarolo.

Larg. : 1ᵐ70. Haut. : 2ᵐ50.

213 — **Très curieuse tapisserie du milieu du XVe siècle**, représentant une Cour d'Amour. La Reine qui la préside en riche costume couvert de pierreries, le front ceint de la couronne royale ornée de cabochons, est assise sur un tertre au milieu d'un parc fleuri. A ses pieds, un personnage en attitude respectueuse semble lui adresser la parole ; à sa gauche, dames et seigneurs, en très curieux atours avec tous accessoires en usage à cette époque (chaperons, hennins, aumônières, bijoux, etc.), sur la robe de la Reine est inscrit en caractères gothiques le mot *Vénus*.

> Cette tapisserie, fragment sans nul doute d'une tenture plus importante est particulièrement intéressante par la représentation des costumes, ceux des femmes notamment, par l'expression, le caractère des physionomies qui semblent être de véritables portraits.
>
> (Provient de la collection Tabourier).

Larg. : 2 mètres. Haut. : 3^mo5.

214 — **Intéressante tapisserie des premières années du XVIe siècle** représentant assis sur un trône un roi de France, en costume d'apparat avec manteau bleu doublé d'hermine et chapeau fleurdelisé ; à sa gauche des courtisans et des seigneurs en costumes variés.

> La bordure présente des entrelacements de fleurs et de feuillages.
> Provient de la collection Desmottes.

Larg. : 1^m70. Haut. : 2^m5o.

215 — **Tapisserie** représentant deux grands personnages vêtus en guerriers antiques se menaçant de leur glaive dans un corps à corps mouvementé. Sur un plan plus éloigné, vue de la mer avec les péripéties d'un combat sur le rivage. A l'horizon, forêts et montagnes. Cette tapisserie est entourée d'une belle bordure animée de scènes et de paysages dans lesquels il est fait allusion aux quatre éléments.

l'Air, le Feu, la Terre et l'Eau, et sont représentées les divinités qui les symbolisent.

Flandres. vxı^e siècle.

Larg. : 2^m57. Haut. : 3 mètres.

216 — Petit panneau en tapisserie du xvı^e siècle représentant divers personnages dans un pays montagneux.

Larg.: 1^m Haut.: 1^m85.

OBJETS DIVERS

217 — Vase de sacrifices en poterie mexicaine orné d'un animal accroupi supportant le goulot.

218 — Deux vases de sacrifices en poterie mexicaine.

219 — Fragment de tableau de Jean de Bruges représentant le sommet d'une cathédrale.

> Provenant d'un tableau de la Chartreuse de Dijon (*). (Une note collée au revers en indique la provenance).

220 — Grosse clef en fer avec anneau en forme de fleur de lys.

> xvie siècle.

221 — Dix pièces de monnaies romaines.

222 — Quatre anciens ornements d'applique en bronze, forme de cariatides, de personnages et d'animaux.

223 — Volet de diptyque greco-russe en cuivre, fond d'émail offrant en réserve et gravées en cinq compartiments des scènes allégoriques à l'Adoration de la Vierge.

224 — Petite peinture sur cuivre : tête du Christ.

225 — Réunion de huit petits masques en terre cuite antique du Mexique.

226 — Objets omis.